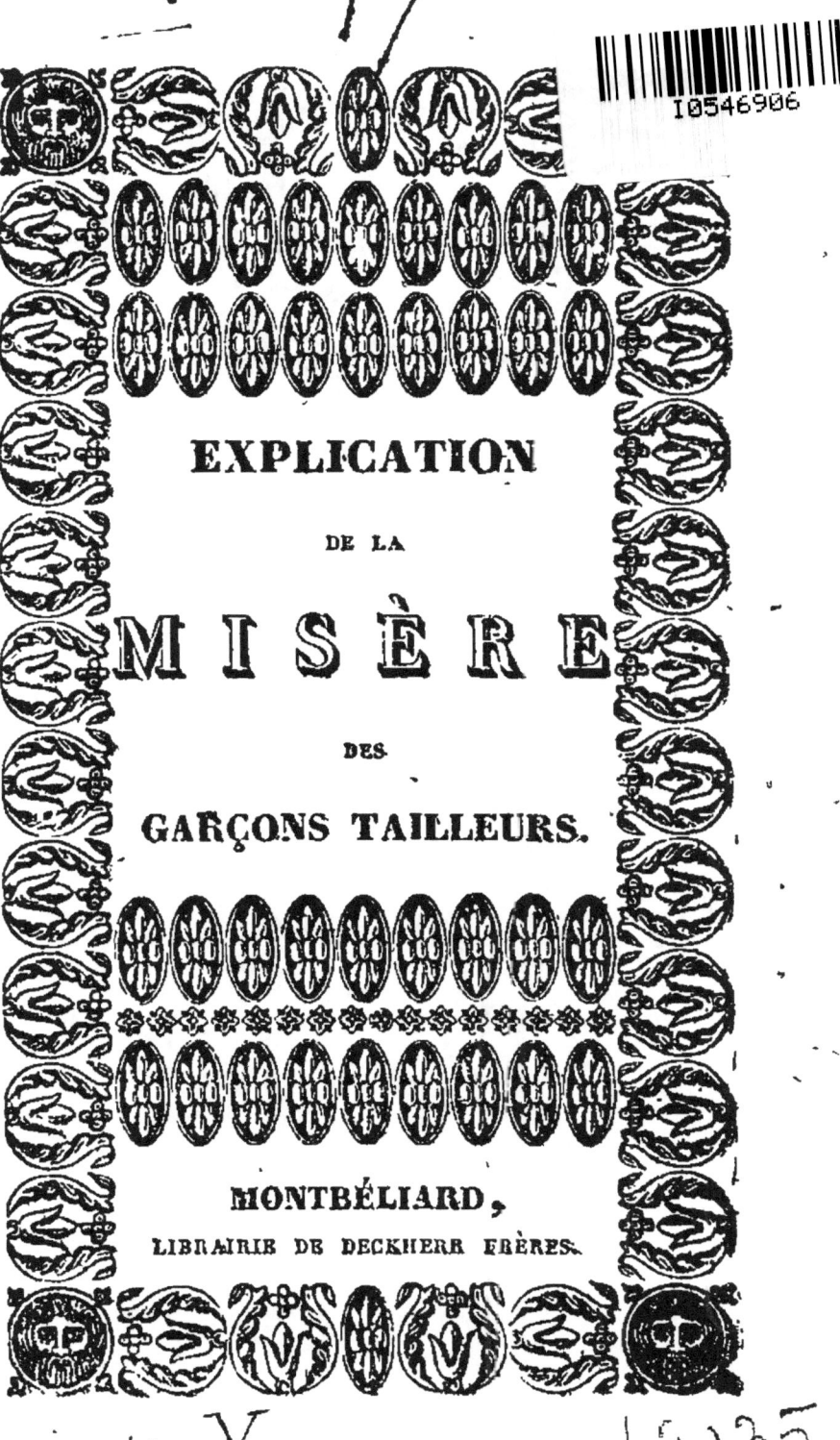

EXPLICATION

DE LA

MISÈRE

DES

GARÇONS TAILLEURS.

MONTBÉLIARD,
LIBRAIRIE DE DECKHERR FRÈRES.

AVIS AU LECTEUR.

J..... mon cher Lecteur, qu'en m'hon
... de votre lecture, des vers que j'ai com
posés sur la misère des Garçons Tailleurs
vous suppléeré au défaut de science ; vo
informant que je n'ai point de rhétorique,
n'ai jamais étudié : le style et rime rustiqu
que je leur ai donnés, me donnent lieu
croire que vous me pardonnerez les fautes.
m'étant attaché à vous faire rire, plutôt qu'
en pénétrer l'esprit, parce qu'entre tous l
garçons, ceux qui ont l'esprit sublime, j
leur ayoue mon génie., et ceux de ma faço
les trouveront plus mignons. A l'égard des Gar
çons Tailleurs, dont je n'espère pas l'approba-
bation, je n'appréhende pas leur critique ; ils
n'ont pas l'esprit assez pénétrant pour insinuer
le démérite ; je vous supplie d'observer l'objet
qui me donne lieu de vous faire ce présent.
Depuis trois années que je suis hors du pays,
j'ai parcouru différentes provinces tant en
Hollande qu'en Italie, et plusieurs autres pays,
qu'il serait trop long de vous rapporter ; pendant ce temps-là je me suis trouvé dans différentes situations ; et parmi mes contre-temps,
j'ai trouvé à mon état des garçons de toutes

1846

professions, mais le nombre est infiniment plus grand des Tailleurs que de tous les autres : ensorte qu'ayant fait liaison d'amitié avec un, avec lequel je marchai quelque temps, il trouva de l'ouvrage, et je l'engageai à travailler : peu de temps après, la grandeur et les curiosités de la ville m'ayant porté à y demeurer pour les remarquer, je vis mon Tailleur qui se promenait, je me préparai à lui porter mes civilités ; mais il imposa le silence à mon compliment par un clin-d'œil qu'il me porta, qu'il me mit, pour ainsi dire, hors de mouvement : en se tournant d'un air superbe et orgueilleux, il me dit : Retranchez vos airs ; quelles manières sont cela ? je ne vous connais pas. Je fus saisi de la plus vive douleur ; mais reprenant mes sens, je lui fis une profonde révérence, le chapeau à la main ; je vous supplie de me pardonner, M. le Tailleur, j'ai eu tort de me compromettre ; je crois que le fils d'un procureur doit bien parler à un Tailleur : je vais essayer à vous donner le retour de votre pièce, par ces vers qui suivent.

LA MISÈRE

DES

GARÇONS TAILLEURS.

Quel est ton sort, infortuné Tailleur ?
Ta mine dénote bien ta douleur,
Et ta tristesse fait bien connaître
Ce que tu as dans le cœur.
    Hélas ! je n'ai point trouvé d'ouvrage,
J'ai vendu mon équipage,
Mes aiguilles et mes ciseaux,
Je suis banni du carreau ;
Me voyant ainsi réduit,
J'ai vendu tous mes habits ;
Pour mieux expliquer mon infortune,
Il me faut manger des prunes,
Ce n'est pas l'excès du vin
Qui m'a fait vendre mon butin :
Boire de l'eau, faire maigre chère,
C'est que je ne gagnais guère.
    Vraiment, dit l'Orfèvre, en souriant,
Qui tient en main l'or et l'argent,
Il n'est que trop ridicule
Aux Tailleurs de manger des prunes ;

Car on ne leur voit souvent
Que montre et tabatière d'argent,
Comme ont les autres Garçons
De tous arts et professions.
Le Chirugien et l'Apothicaire
Disent qu'il ne lui faut de clystère;
Car, en effet, son ordinaire
Doit bien lui donner la foire.

   Le Sculpteur le plus adroit
Il taille, mais sur le bois,
Toutes sortes de figures il fait,
Et même en chair et en os,
Mais il dit pour boire de l'eau,
Son cœur tomberait en lambeaux.

   Le Peintre avec son pinceau,
Lorsqu'il le tient en main,
Dit que lorsqu'il a bu du vin,
Il tire les plus beaux desseins,
Et que s'il buvait de l'eau,
Il tomberait sur son tableau;
Du sentiment du Sculpteur,
Il la laisse pour les Tailleurs.

   L'Horloger le plus habile
Dit que l'eau n'opère que la bile,
Et que, s'il lui en fallait boire,
Il perdrait toute sa mémoire,
Que des minutes lui seraient
Des années de trente-six mois;
Il dit que l'eau pour les Tailleurs,
Le vin pour les Horlogeurs,
Qu'en buvant ce jus divin,
Ses montres sont mieux en train.

Le sentiment du Musicien
Dit que l'eau sur son cœur est un venin,
Car de boire à la fontaine,
Il perdrait bientôt haleine,
Que ces notes ne pourraient plus
Chanter *ut si la sol fa mi ré ut;*
Chantons à la gloire de Bacchus,
Et de l'eau n'en parlons plus,
Car elle ne sert que de critique
Sur les chansons de musique;
Il veut suivre l'Horlogeur,
Laisser l'eau pour les Tailleurs.

Le Barbier et Perruquier
Disent: Je ne pourrais raser,
Comment tenir en ma main
La savonnette et le bassin?
S'il me fallait boire de l'eau,
Je tomberais sur le carreau,
Et je ne pourrais repasser
Mon rasoir pour mieux couper;
Je ferais des effleurons
A quelqu'un sur le menton;
Mais lorsque j'ai bu du vin,
Mon rasoir va plus grand train,
Que la plume d'un Écrivain;
Je crois que c'est le meilleur
De laisser l'eau pour les Tailleurs.

Le Cuisinier avec ses sauces
Dit: Je veux faire débauche,
Avec mes amis, point de Tailleurs;
J'aime mieux le Rôtisseur,
Nous mêlerons nos mets ensemble,

Et leur donnerons meilleur goût,
Que les pruneaux les plus doux.
J'aurais un très-grand chagrin,
Se dit le Potier d'étain,
Si ne buvais du vin,
Moi qui fais les instruments,
Pour mettre ce jus charmant;
Les pots, peintes et flacons,
Les aiguières et pots à l'eau,
Que je fais à contre cœur
Pour le vaisseau des Tailleurs.

 Répond ici le Tonnelier:
Si tu fais ces instruments,
Moi je fais bien les plus grands,
Les barils et les cuveaux,
Les bouges, foudres et les tonneaux,
Et j'y travaille de meilleur cœur
Qu'à faire le vaisseau des Tailleurs,
Car ce jus est ma liqueur.

 Le Verrier dit: Dans le mien
Est meilleur que dans l'étain,
Et que le plaisir est plus grand,
D'y regarder ce jus charmant;
On estime mieux la couleur
Dans nos vases cette liqueur,
Que le pot à l'eau des Tailleurs;
J'en veux boire du meilleur.

 Ne soyez pas si fiers
Ici de votre matière,
Il n'a besoin d'étain ni verre;
Moi je suis potier de terre;
Je fais ces pots dans la saison,

Lorsque les pruneaux sont bons;
Mais la cruche est le meilleur
Vaisseau pour mettre la liqueur:
Il y boit à la régalade;
Et il ne lui faut de salade
Pour lui rafraîchir le cœur,
L'eau éteint bien sa chaleur;
J'aurais peine à réussir
A prendre avec toi mes plaisirs;
Si je m'en sers pour la travailler,
D'abord je la fais dessécher;
Le soleil n'a pas assez d'ardeur,
Il manquerait bientôt de cœur.

Le Tourneur dans son sentiment
Lui dit : Nous gagnerons de l'argent
Et si l'eau te fait trembler,
Elle m'empêche de travailler;
Allons, buvons à plaisir
Du vin pour nous soutenir;
Laissons l'eau pour les Tailleurs,
Elle me fait bondir le cœur.

Le Charron et Charpentier
Disent vive notre métier;
Dussions-nous vendre les ételles
Pour faire remplir la bouteille;
Elles sont propres au cabaret,
Pour cuire les sauces aux poulets,
A la carpe et aux brochets;
Mais les Tailleurs; leurs rognures,
Se jettent dans l'ordure.

Le Serrurier a bonne augure,
Lorsqu'il tient en main sa serrure,

Et dit qu'il a le secret,
Lorsqu'il s'agit de boire,
De faire ouvrir les armoires,
Non pas comme celles des Tailleurs,
Que l'on ouvre à contre cœur,
Quelquefois le samedi,
Pour y prendre leurs habits.

Le Chaudronnier et Fondeur,
De Bacchus aiment trop la liqueur,
Pour boire de celle des Tailleurs;
Qu'il ne pourrait travailler
Le cuivre ni la rosette,
S'il ne boit la chopinette;
Qu'en fondant cette matière,
L'eau le mettrait en bière,
Puisqu'il faut avoir du cerveau
Pour résister au fourneau,
Lorsqu'il fond les plus grosses cloches,
Que le vin lui soit tout proche,
Pour prendre à tout moment
La force de ce jus charmant;
Son travail est trop pénible,
Que pour aller boire au puits,
Que le vin dans sa chaleur
Le garantit de sueur.

Moi je dis qu'il est bien gentil,
Et qu'il est exempt de péril
Moi qui fais toutes aiguilles;
Car de boire du vin clairet,
Il se piquerait les doigts,
Et que boire de ce jus charmant,
Et aurait abondance de sang.

Il tacherait les habits,
Il aime mieux boire au puits ;
Car il dit que cette eau
Lui conserve les yeux beaux,
Et que du vin la couleur
Lui donnerait trop de rougeur ;
Si je parle à son avantage,
Je n'aurais pas le courage
De faire ordinaire avec lui,
Je vous en laisse divertir,
Car le vin est mon plaisir.

Qui est-ce qui dit qu'il n'est pas bon ?
Est-ce ici le Forgeron ?
Non, non, dit-il,
C'est moi, qui, ces buveurs d'eau,
Je les jette dans mon fourneau ;
Comment pourrais-je travailler
A l'enclume, bandage et barreau,
S'il me fallait boire de l'eau ;
Que dit-on de ces Tailleurs
Qui boivent de l'eau pour liqueur ?
Je veux, de pareils Mignons,
Les ensevelir dans le charbon.

Le Sellier et l'Armurier
Disent d'un air gai, remplis de joie ;
Allons, mon cher ami, bois,
Je veux boire soir et matin,
Puisque la guerre est en train,
Tu feras des fusils aux Soldats,
Aux Dragons et Grenadiers,
Moi des selles aux Cavaliers.
Mon aiguille n'est pas celle des Tailleurs,

J'en veux boire du meilleur,
De boire de l'eau je n'ai pas peur;
Je compromets ici le Fourbisseur;
S'il faut des fusils à l'armée,
Il faut des sabres et des épées,
Et aussi baïonnettes,
Faisons remplir la chopinette,
Parlons à plaisir de la guerre,
Et laissons là la misère
De tous ces Garçons Tailleurs,
Elle m'affaiblirait le cœur.

On ne partira pas sans moi,
Dit celui-ci d'un air intrépide;
Moi je fais les mords de bride
Aux chevaux et aux mulets,
Pour les tenir en arrêt:
Je vais boire avec le Sellier,
Puisqu'avec lui il faut communiquer;
Il fait la monture, et moi les mords:
Je crois que je n'ai pas tort
De boire avec le Fourbisseur,
Plutôt qu'avec cinq cents Tailleurs.

Le Bourlier qui ne dit mot,
Que, puisque le Sellier boit,
Il faut aussi des harnais
Aux Vivandiers et Caissons,
Et aux Rouliers qui marcheront;
Et que s'il en fallait boire,
Il mettrait le cul sur l'avaloir,
Qu'il ne pourrait rembourer,
Ni les sellettes, ni les colliers;
Que quand il a bu du vin,

Il pique avec plus d'ardeur
Que les aiguilles des Tailleurs.

Le Coutelier, qui vend
Leurs poinçons et leurs ciseaux,
Dit qu'il ne veut boire de l'eau,
Qu'avec eux point de commerce,
Que pour avoir leurs espèces,
Car il ne donne autrement
Les ciseaux qu'avec l'argent;
Car en effet les Tailleurs
Sont quelquefois bien trompeurs.

Le Taillandier et Maréchal,
Dût-il vendre ses tenailles,
Dit d'un ton altéré:
Le feu me brûle le gosier;
Mais si je bois de l'eau,
Mes bras tombent sur le marteau;
Et si je mangeais des prunes,
J'abandonnerais l'enclume,
Le batoir et le bréchoir.
Sur l'avis l'Apothicaire,
Puisqu'ainsi, dit le Chirurgien,
Pour moi je veux boire du vin;
Car la liqueur des Tailleurs
Me ferait changer de couleur.

Le Tailleur est le plus fier;
Mais il dit que c'est sur la pierre;
Si mes écailles ne valent rien,
Mes bras me font boire du vin,
Et me font plus de profit
Que ceux des Tailleurs d'habits;
Ma masse et mon ciseau,

Ma tranche, compas et niveau,
M'exemptent de boire de l'eau,
Et me font boire à plein pot.
    Le Boulanger et Pâtissier
Disent : Nos écailles sont meilleures
Pour boire du jus de Bacchus la liqueur.
Avec du pain bien apprêté,
Et une croûte de bon pâté,
Nous pouvons bien déjeûner ;
Je veux boire six coups de vin
Avant de faire mon levain ;
Que l'on ne me parle d'eau,
J'en jette assez par le corps,
Laissons-la pour les Tailleurs
Ils sont exempts de la sueur.
    Lorsque pour nous régaler,
Raisonne ici le Boucher,
Avec un bon aloyau
Fricassé et longe de veau,
Nous aiguisons le couteau ;
Dans les Villes et la Campagne,
Les Bourgs, Villages et Hameaux,
Nous ne pouvons boire de l'eau
Et ne pouvons faire un marché
Sans boire pour la solidité ;
Les paysans disent que le vin est meilleur
Que la liqueur des Tailleurs.
    Le Tanneur dit que l'eau
N'est propre pour lui que dans la chaux,
Dans la fosse avec l'écorce,
Et aussi dans le confit ;
Mais aussi que s'il lui en fallait boire,

A sa main point de renvers,
Ni paumelle, ni lunette,
S'il ne boit chopinette;
Car l'eau, travaillant un cuir,
Le ferait bientôt vomir.

Le Drapier dit au Cardeur:
La graisse sur la laine me soulève le cœur;
Pour ôter la répugnance,
Buvons du vin en abondance;
Que me dis-tu de ces Tailleurs?
Si tu buvais de leur liqueur,
Je peux bien croire qu'en ta main
La corde n'irait pas grand train,
Puisque le drap faut dégraisser,
Pour leur donner à travailler,
Laisse l'eau pour les désaltérer.

J'abandonnerais le métier,
Dit ici le Cordonnier,
Losqu'en main tiens mon Crépin,
Si je ne buvais du vin
A plaisir Fêtes et dimanches,
Et tout le jour de Lundi,
Pour célébrer la Saint-Henri,
Non pas comme les Tailleurs d'habits,
Qui gémissent sur l'établi.

Tu te moques de moi,
Dit le Savetier,
Mes mains remplies de poix:
Si tu as les mains blanches,
Tu bois de l'eau en abondance;
Ta mine et ton air pâle
Font bien voir ton régal,

Manger des prunes,
Ne boire du vin,
Ce mets ne noircit pas le teint.

J'oubliais pour des compliments;
De qui crois-tu? c'est un Tisserand,
Qui dit que son estomac
Irait bientôt au trépas,
S'il buvait toujours de l'eau,
Son cœur tomberait en lambeaux;
Que s'il fait la toile à l'aune,
Le vin, dit-il, me sert de beaume
Pour me soutenir le cœur,
Laissons l'eau pour les Tailleurs.

Vous le voyez pourtant bien fier,
Lorsqu'il a les jambes croisées,
Et qu'en main tient son aiguille
Tous ses sens lui frétillent;
Il voit passer les bouteilles:
Il dit bien: Voilà merveille;
Mais il faut la fin du mois
Pour en boire un petit doigt;
Et si son sac est en dépôt
Il lui faudra boire de l'eau.

Toutes les Mères des Compagnons
Lui font toujours cette leçon,
Disant: Voilà de pauvres Garçons,
Il faut qu'il n'y ait pas grand profit
A être Tailleur d'habits;
Arrivant, pour compliment:
Madame, je n'ai point d'argent.
On ne voit en cérémonie
Les Garçons prendre leur part.

Et porter leurs sacs à la main,
La bouteille remplie de vin;
Vivent tous les autres métiers,
Qui viennent ici en chantant,
Non pas ces Tailleurs roulants,
Car ils rempliraient plutôt
L'armoire avec leurs sacs et ciseaux
Que de vider les tonneaux.

    Enfin, presque tous les Garçons
Déplorent ici ta misère,
C'est que tu fais maigre chère,
Ton aliment ne pourrait pas
Conduire autre lieu qu'au trépas;
Ecoute un peu, ceci est certain:
L'eau qui mouille la grenouille,
Ne mouillera jamais mon vin:
Ne te fâche point de prendre
Ton breuvage avec le sien:
Reçois-tu volontiers cette jolie comparaison?
Je te la fais sans façon,
Tu ne peux pas avoir grande force,
Aussi le proverbe, dit-on,
Quinze Tailleurs pour un sac de son.

    Ce serait bien faire mépris
De moi, dit le Vendeur d'oublis,
Si je n'avais plaisir
De mieux faire ici son éloge:
Puisque jamais il n'est en débauche,
J'ai bien lieu de critiquer,
Puisqu'il me fait chanter;
Il faudrait serrer ma boutique,
Si je n'avais d'autre pratique.

Malgré toute ta fierté,
Je te veux cependant consoler ;
Quoique l'on raisonne ici,
Il faut pourtant des habits ;
C'est toi, dis-tu, qui habilles l'homme,
Mais il faut que l'on te donne,
Et que l'on te mette en main
Tout ce qu'il est de besoin,
Le drap, doublure et fourniture,
Le poil de chèvre et le fil ;
Juge si la profession est vile :
Car on ne te confie céla
Que parce que tu ne peux pas
Fournir étoffes ni draps.
　　Te voilà bien rélevé,
Raisonne ici le Meûnier ;
J'ai un si grand plaisir
De toi ici me divertir :
Tu me dis que mon allure
Est de prendre double monture ;
Si tu critiques sur moi,
J'ai bien lieu de dire de toi,
Que sur le drap et doublure,
Tu y tailles de belles rognures ;
Je ne le dis pas avec colère,
Car on parle ici de ta misère,
Et on ne fait autre mépris
Que des Garçons Tailleurs d'habits.
　　Ce serait être insensé
De parler ici de moi,
Qui cultive la terre,
Qui produit cette racine

Du jus merveilleux de la vigne,
Que l'on dit qui est si bon,
Parle ici le Vigneron;
Je la plante, je taille et vendange;
Et de bon fruit je fais,
Du vin rouge, blanc et clairet:
C'est moi qui désaltère
L'homme avec la bouteille et le verre,
Les Rois et les Empereurs:
Ce sont eux qui boivent le meilleur:
Les hommes les plus savants
N'en boivent que de l'excellent:
La Noblesse et la Roture,
C'est là leur charmante allure,
Dans leurs repas somptueux,
De boire de ce jus délicieux,
De tout état et condition,
Personne ne dit qu'il n'est pas bon:
Mais j'entends parler ici,
De tous ces Tailleurs d'habits,
Qui ne boivent que de l'eau,
Je veux faire leur tombeau,
Et je veux les enterrer
Dans la fosse avec le fumier,
Pour éteindre leur mémoire,
Et ne parler qu'à la gloire
De Bacchus et des Vignerons,
Et des hommes qui le trouvent si bon.
   Moi qui suis l'Auteur
D'établir ici la valeur,
Je te présente des Vers
Mais ce n'est pas pour toi boire;

C'est pour divertir les Garçons
De tous arts et professions,
Et ceux que j'ai oubliés,
Contre moi sont tous fâchés.
    Car l'Imprimeur sur ta misère
D'abord se mit en colère,
Lui présentant mes cahiers,
Dit : Vous m'avez oublié ;
C'est à faire aux Imprimeurs
A faire l'éloge des Tailleurs :
Car sur les impressions,
Toujours sur l'eau nous critiquons :
Si elle mouille notre papier,
Elle ne nous passe pas le gosier :
Tu dis que tu es le plus adroit,
Et pour cela sois avec moi,
Ce sera là ton divertissement :
Mais personne n'est de ton sentiment :
Conviens que si tu as fais mépris de moi,
L'on n'en fait pas moins de toi.

CHANSON D'UN GARÇON TAILLEUR.

Que fais-tu donc sur la terre ?
Te voilà bien dans la misère,
Pauvre Tailleur infortuné :
As-tu rétréci ta mesure ?
Dis-moi, as-tu perdu l'allure,
Ton métier as-tu oublié ?

Je viens de faire mon tour de France,
Je suis tombé en décadence,
Et mes habits tombent en lambeaux,
Car j'ai vendu mon équipage,
Et n'ayant point trouvé d'ouvrage,
Me voilà banni du carreau.

J'ai cru avoir le vent en poupe,
Et je pris une belle route,
Depuis Paris jusqu'à Lyon;
Mais ma bourse avait la colique,
J'ai demandé une boutique,
Et du travail pour un Garçon.

Un tailleur à Lyon m'exhorte,
Mon ami, la saison est morte,
Les Garçons nous viennent par bande,
Au cœur me donna l'épouvante,
Il me fallut partir d'abord.
Dans mon ardeur et dans mes flammes,
Si-tôt pris la poste aux ânes,
Pour aller à Saint-Safleurin,
Où je fis apprentissage,
Tendre la main pour mon passage,
J'avais mangé tout mon butin.

Du Dauphiné droit à Marseille,
Où je croyais faire des merveilles,
Je vis mes Confrères sur le port;
Celui-là va boire à la fontaine,
Ayant la couleur triste et blême,
Tailleur, je déplore ton sort.

Je ne chantais pas d'alégresse,
N'ayant sur moi aucune espèce,
Je m'en fus dans le Languedoc :

A Toulouse pendant trois semaines,
J'eus la gale pour mes étrennes,
On me renvoya aussitôt.

Droit à Bordeaux par la Gascogne,
Moi qui avais gagné la rogne,
L'on me joue un tour de Gascon :
Levez un peu votre chemise,
Je vois là une bête grise,
Qui se promène sur le Garçon.

Passant près d'un Apothiçaire,
Me dit : Ce n'est pas une affaire,
Et me jettant un sourire,
Vous faudrait du jus de la treille,
Qui sur les hommes font merveille,
Ou bien vous frotter d'onguent gris.
De là je m'en fus en Bretagne,
Et au retour de ma campagne,
Dans ma bourse était le Poitou,
Accompagné de la Xaintonge ;
Croyez-moi, ce n'est pas mensonge,
Je ne faisais point de jaloux.
Bacchus, je vous fais ma prière,
En considérant ma misère,
Ayez de moi compassion,
D'un verre de vin, cidre, ou bière,
Soulagez un pauvre Garçon.

FIN.

IMPRIMERIE DE ROD.-HENRI DECKHERR A MONTBÉLIARD.

Le Garçon Tailleur en voyage.